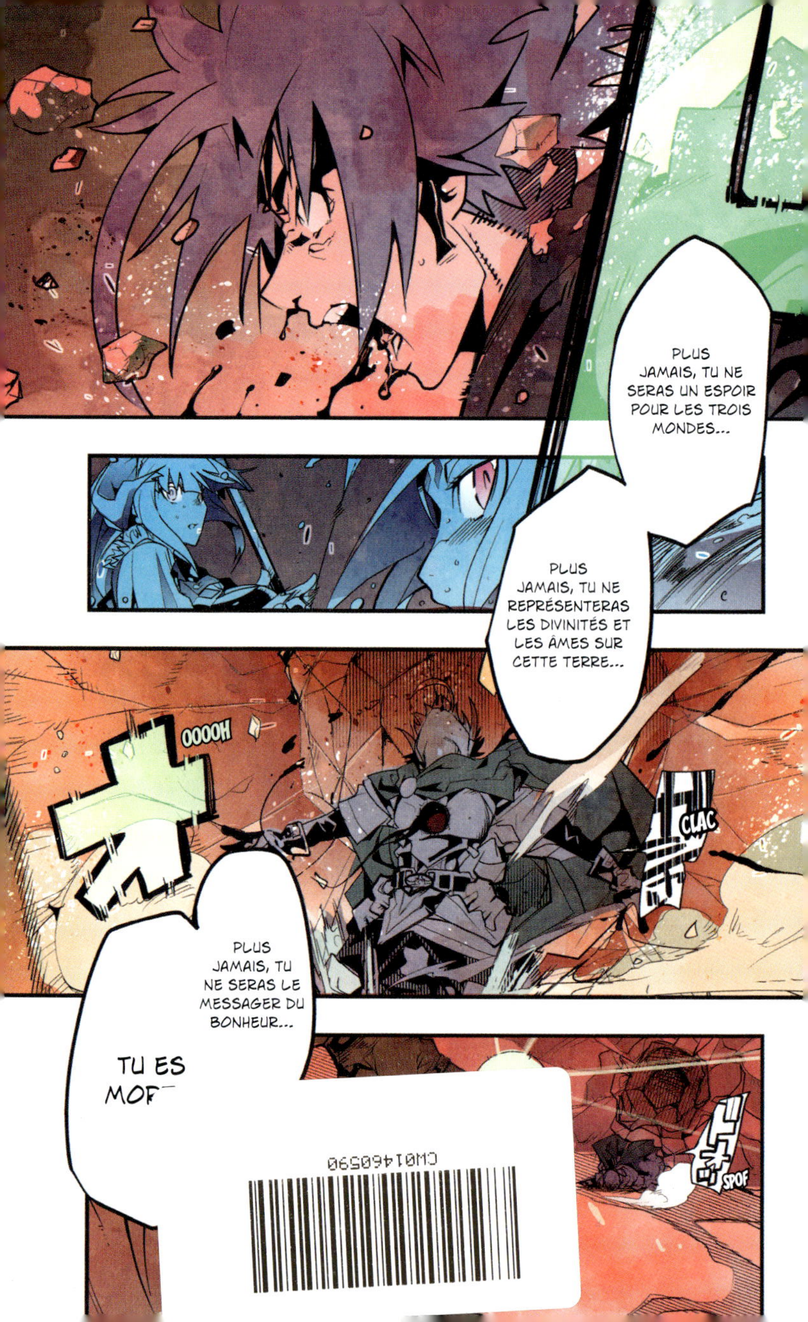
PLUS JAMAIS, TU NE SERAS UN ESPOIR POUR LES TROIS MONDES...
PLUS JAMAIS, TU NE REPRÉSENTERAS LES DIVINITÉS ET LES ÂMES SUR CETTE TERRE...
OOOOH
CLAC
PLUS JAMAIS, TU NE SERAS LE MESSAGER DU BONHEUR...
TU ES MOR–
SPOF

[Dessin] Keyaki Uchiuchi
[Sur une idée de] Yousuke Saeki
[Concepteur des personnages] Pailand
Présenté par KEYAKI UCHIUCHI & YOUSUKE SAEKI
ALVIS ALBERS, LE PALADIN !
Chapitre 1 Le paladin est un squelette / Première mission : les Ork

昔勇者で今は骨
AL
Le Squelette
Le squelette
qui était un héros.
[Autrefois un héros, aujourd'hui un os]
Il a ressuscité et maintenant
c'est un squelette !

IZANA ! À TOI DE JOUER !
JE VAIS ESSAYER DE CONTENIR CE DÉMON !
ZLASH
JE SUIS GRAVEMENT BLESSÉ...
MES ORGANES SONT ENDOMMAGÉS...SSÉ...
C'EST LA MORT ASSURÉE...
BOM
BOM
SI SEULEMENT J'AVAIS LE TEMPS DE PRONONCER UNE CANTILLATION DE RÉANIMATION...
IMPOSSIBLE...
IL EST...
... TROP TARD !

TU SAIS QUOI, AL ? T'ES QU'UN GROS MYTHO !

ON LES CONNAÎT PAR CŒUR TES HISTOIRES À DEUX BALLES !
CRAC
DIS-MOI PLUTÔT CE QUE TU PENSES DE CE COUP !
CE QUE JE DIS EST VRAI... J'AI COMBATTU CONTRE ORDEN LE MALÉFIQUE !
HOP
TU PEUX TE VANTER DE CONNAÎTRE!...

... ALVIS LE PALADIN ! TIENS, PRENDS ÇA !
CRAC
SÉRIEUX ?!?
TRICHEUR !
POUR GAGNER TOUTES LES...
... MÉTHODES SONT BONNES !
HA HA HA HA HA
SALAUD ! JE VAIS TE REFROIDIR !
FLAP FLAP
JE SUIS DÉJÀ FROID, JE TE SIGNALE !
J'AI L'IMPRESSION DE VIVRE UN RÊVE.
CHAQUE JOUR, JE DORS ET JE M'AMUSE !
FINALEMENT, ÇA A DU BON D'ÊTRE MORT !

VIVE LA VIE DE NEET !
HA HA HA HA HA HA
DE QUELLE VIE TU PARLES ?
HA HA ! TES BLAGUES SONT MORTELLES !
わはははははははは
WHAHAHAHAHAHA
AL LE SQUELETTE
LA RENAISSANCE
ZDIIIING

TU COMPTES TE LA COULER DOUCE...
... ENCORE LONG-TEMPS ?!?
IL EST TEMPS DE TE REMETTRE AU BOULOOOOOOT !!!
FWAAA !
UNE...
... UNE CHOUETTE QUI PARLE ?!
ZBRRRIII
WAOUH !
C'EST PEUT-ÊTRE UNE CRÉATURE SURNA-TURELLE, COMME LES KITSUNE ET LES TANUKI ?
ZBRRRIII
ZBRRRIII
MINUTE...
J'AI DÉJÀ VU CETTE CHOUETTE QUELQUE PART...

LA... LA GRANDE MAGICIENNE ET CHANCELIÈRE DU ROYAUME D'EIEN, HUBUL TAWAWAT !
AUTREFOIS, VOUS FAISIEZ PARTIE DE LA FAMILLE DES PALADINS...
C'EST UN PLAISIR DE VOUS REVOIR...
... N'EST-CE PAS ?
... APRÈS TOUT CE TEMPS...
HIIK
HA HA
IDIOT !!!
ZIOUU
MA TÊTE S'EST DÉCROCHÉE !
ON ME LE DIT SOUVENT...
TU NE FAIS RIEN DEPUIS 3 ANS !
LA GUERRE CONTINUE ET TOI, TU NE PENSES QU'À T'AMUSER !!!
TU VAS TE REMETTRE AU BOULOT ILLICO !

MAIS VOTRE HONNEUR... JE SUIS MORT !
JUSTEMENT PARCE QUE JE TRAVAILLAIS TROP ! JE NE VEUX PAS RETOURNER AU TURBIN.
J'AI ASSEZ ÉCONOMISÉ POUR VIVRE PAISIBLEMENT EN PASSANT MES JOURNÉES À LIRE, JOUER ET FAIRE LA SIESTE !
FLAP
JE SUIS CHANCE-LIÈRE !
J'OCCUPE LE POSTE HONORIFIQUE LE PLUS ÉLEVÉ DU ROYAUME !
MOI, JE NE VOIS QU'UNE CHOUETTE...
ET COMME ÇA... J'AI TON ATTENTION ?!?
SPLOF
AIDE-MOI ALVIS ! TOI SEUL PEUX VENIR À MON SECOURS !
C'EST QUOI, ÇA ?!
« LA GUERRE DES ÉTOI-LES » ?!
ÉCOUTE BIEN...

IZANA A DISPARU...
ET TU SAIS EXACTEMENT...
... POURQUOI...
IL EST HORS DE QUESTION QUE TU RESTES LES BRAS CROISÉS !

IZANA...
J'AI BESOIN DE TOI...

PFF...
CLAC
ET MERDE...
PAS LA PEINE DE TE FAIRE UN DESSIN...
TU ES LE SEUL À POUVOIR LA RETROU-VER...
DE TOUTE FAÇON, MOI, J'AI D'AUTRES CHATS À FOUETTER.
TU VAS ME FAIRE LE PLAISIR DE REDEVENIR LE PALADIN QUE TU ÉTAIS !

DOMMAGE... J'AIMAIS BIEN MA NOUVELLE VIE...
TANT PIS.
AU FAIT...
J'AI GELÉ TES COMPTES ! COMME ÇA, JE SUIS SÛRE QUE TU TE DONNERAS À FOND DANS CETTE MISSION !
HEIN ?!?

POURQUOI TU AS FAIT ÇA, PETITE PESTE ?!
COMMENT JE VAIS PROFITER, MAINTENANT ?!
EN REDEVENANT PALADIN ET EN SAUVANT DES VIES !
C'EST CE QUE TU FAIS DE MIEUX, NON ?
FRANCHEMENT ! CE NE SONT PAS DES MANIÈRES, POUR UNE CHANCELIÈRE !
HAHAHAHA
ははははは
TU AGIS COMME LA PLUS BASSE DES CRAPULES !
HOOO!
HOOO!
MAIS ALORS, TU AS VRAIMENT ÉTÉ PALADIN ?
UN SQUELETTE PEUT DEVENIR PALADIN ?
ON VERRA BIEN...
SI ÇA NE MARCHE PAS, JE REVIENDRAI ICI.
CLAC

ばいば〜〜い
À BIENTÔT
LA VACHE ! Y SONT COM-BIEN ?!
DE TOUTE FAÇON, ÇA M'ÉTONNERAIT QUE L'UNION DES PALADINS ACCEPTE UN SQUELETTE DANS SES RANGS.
Ville transit d'Alonda

ザワ
BLA
ザワ
BLA
ザワ
BLA
EUH... C'EST À PROPOS DE VOTRE ACCRÉDITATION...
NOTRE MAISON MÈRE M'A INFORMÉE QUE...

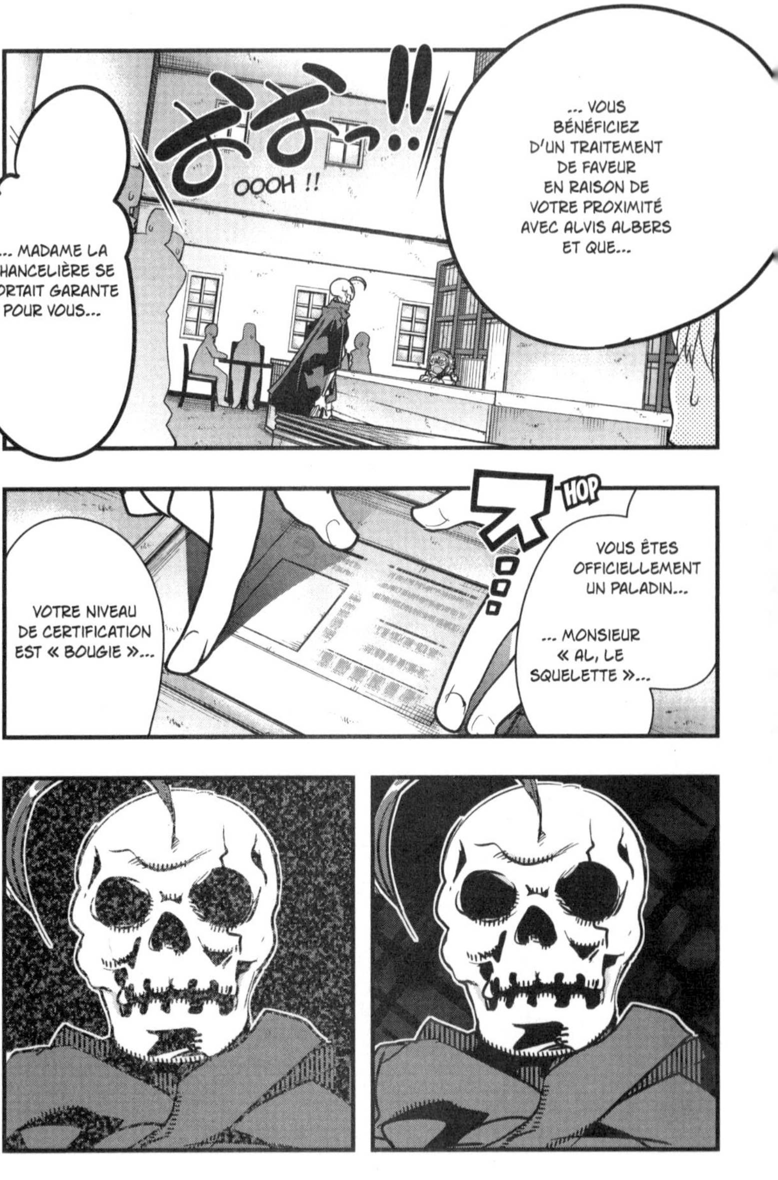
... VOUS BÉNÉFICIEZ D'UN TRAITEMENT DE FAVEUR EN RAISON DE VOTRE PROXIMITÉ AVEC ALVIS ALBERS ET QUE...
おおっ!!
OOOH !!
... MADAME LA CHANCELIÈRE SE PORTAIT GARANTE POUR VOUS...
HOP
VOUS ÊTES OFFICIELLEMENT UN PALADIN...
... MONSIEUR « AL, LE SQUELETTE »...
VOTRE NIVEAU DE CERTIFICATION EST « BOUGIE »...

HÉ HÉ
HÉ HÉ
JE POURRAI MIEUX TE CONTRÔLER, COMME ÇA !
AAAAAH !
HUBUUUUUUUL !!!
IL... IL PARLE ?!
AU SECOURS, MAMAN !
BLA
BLA
C'EST LA PREMIÈRE FOIS QUE JE VOIS UN SQUELETTE PARLER !
BLA
PUI... PUISQUE VOUS ÊTES PROCHE D'ALVIS ALBERS,
VOUS AURIEZ PU DÉMARRER AU NIVEAU « FLAMME ORDINAIRE » MAIS...
Niveaux des paladins certifiés
Flamme divine
Excellent !
Flamme sacrée
Très bon !
Flamme ordinaire
Torche
Bougie
OUIIIIN
... VOUS...
VOUS ÊTES NOTRE PREMIER CAS DE MORT-VIVANT ET...
NE PLEUREZ PAS MADEMOISELLE ! VOUS N'ÊTES PLUS UNE ENFANT !!

GRRROOOO
LE PROBLÈME DU NIVEAU « BOUGIE »...
... C'EST QUE VOUS N'AVEZ SÛREMENT RIEN À ME PROPOSER...
... PAS VRAI ?
SEIGNEUR, FAITES QU'ELLE N'AIT PAS DE MISSION !
GRRROOOO
GRRROOOO
SI...
ET MEEEERDE !!!
TENEZ !

CLAC
EXCUSEZ-MOI... JE VIENS POUR LA PROTECTION RAPPROCHÉE DE TRANSPORT...
VOUS TOMBEZ BIEN !
AAAAH !
J'ALLAIS JUSTEMENT PARTIR ET...
BOM

DÉSOLÉE, VRAIMENT...
TACATAC...
JE NE T'IMAGINAIS PAS COMME ÇA...
UN SQUELETTE QUI PARLE, ÇA NE COURT PAS LES RUES !
SCRAAATCH
JE SAIS, ÇA SURPREND... MAIS JE NE SUIS PAS MÉCHANT...
ÇA CRÈVE LES YEUX, NON ?
TON SENS DE L'HUMOUR LAISSE À DÉSIRER MAIS...
... TU ES TRÈS SYM-PATHIQUE ET...
... JE SUIS RAVIE DE FAIRE CE TRAJET AVEC TOI !

MOI, C'EST LÉVA...
... MARCHANDE AMBULANTE !
BRAVO !
SI JEUNE ET DÉJÀ SÉRIEUSE DANS TON TRAVAIL !
MOI, C'EST AL LE SQUELETTE !
ON VA OÙ, COMME ÇA ?
AU VILLAGE DE TIGUES, À 30 BORNES D'ALONDA.
30 Bornes
JE CONNAIS !
C'EST VRAI ? ON S'EST PEUT-ÊTRE DÉJÀ CROISÉS, ALORS !
JE SUIS NÉE LÀ-BAS.

EN FAIT, NON… JE NE T'AI JAMAIS VU… D'AILLEURS, J'AI QUITTÉ LA MAISON QUAND J'ÉTAIS GAMINE ALORS ÇA M'ÉTONNERAIT QU'ON SE SOIT CAPTÉS !
HA HA HA
J'Y SUIS ALLÉ POUR COMBATTRE L'ARMÉE DES OMBRES ET…
… JE N'ÉTAIS PAS ENCORE UN SQUELETTE.
C'EST DONC CERTAIN QU'ELLE NE ME M'A JAMAIS VU…
Y'A PAS GRAND-CHOSE À FAIRE À TIGUES…
OUAIS, À PART TRAVAILLER LA TERRE.
C'EST POUR ÇA QUE…
… J'AI PRÉFÉRÉ PARTIR ET DEVENIR MARCHANDE AMBULANTE !
C'EST MOINS STRESSANT QUE DE GÉRER UNE BOUTIQUE !
COMME JE TE COM-PRENDS…
CRRRII
CRRRII
CRRRII

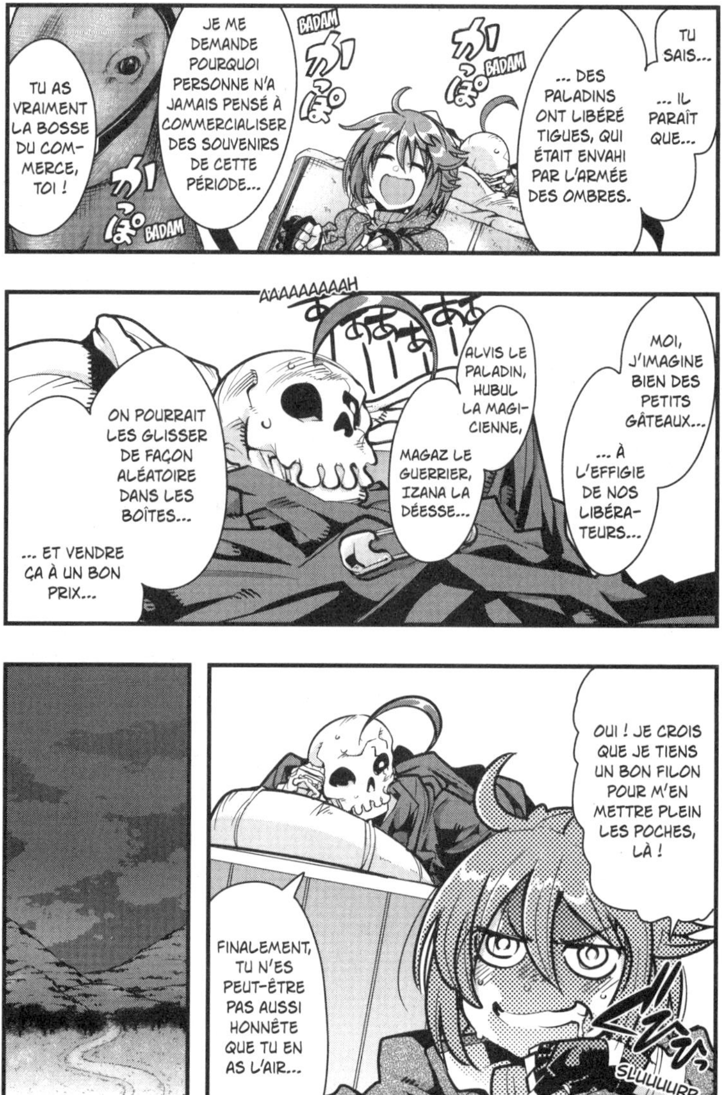
TU SAIS...
... IL PARAÎT QUE...
... DES PALADINS ONT LIBÉRÉ TIGUES, QUI ÉTAIT ENVAHI PAR L'ARMÉE DES OMBRES.
BADAM
BADAM
JE ME DEMANDE POURQUOI PERSONNE N'A JAMAIS PENSÉ À COMMERCIALISER DES SOUVENIRS DE CETTE PÉRIODE...
BADAM
TU AS VRAIMENT LA BOSSE DU COMMERCE, TOI !
AAAAAAAAAH
MOI, J'IMAGINE BIEN DES PETITS GÂTEAUX...
... À L'EFFIGIE DE NOS LIBÉRATEURS...
ALVIS LE PALADIN, HUBUL LA MAGICIENNE,
MAGAZ LE GUERRIER, IZANA LA DÉESSE...
ON POURRAIT LES GLISSER DE FAÇON ALÉATOIRE DANS LES BOÎTES...
... ET VENDRE ÇA À UN BON PRIX...
OUI ! JE CROIS QUE JE TIENS UN BON FILON POUR M'EN METTRE PLEIN LES POCHES, LÀ !
FINALEMENT, TU N'ES PEUT-ÊTRE PAS AUSSI HONNÊTE QUE TU EN AS L'AIR...
SLUUUURP

LE TEMPS PASSE VITE QUAND ON DIT DES BÊTISES...
TIGUES EST JUSTE DERRIÈRE CETTE MON-TAGNE !
CLING !
ARRÊTE-TOI...
QUELQUE CHOSE CLOCHE...
QUELLE MOUCHE L'A PIQUÉ ?
HÉ !
TAP TAP TAP
たたたたた

HOP
ZDING

DES ORK...
Fiche « ORK »
Niveau d'animosité envers les humains : C.
Mais il varie selon les tribus. Les ORK sont des créatures anthropomorphes dont la taille moyenne est de 200 cell (1 cell correspond à 1 cm).
Ils vivent en tribus, formées à partir de membres de plusieurs familles. Les ORK se trouvent à l'ouest du royaume, on en croise rarement ailleurs.
Leur niveau de civilisation est en retard par rapport à celui des hommes. Ce sont des êtres primitifs, vêtus de peaux d'animaux. Ils se déplacent toujours avec une massue.
Certaines tribus sont amicales mais la plupart sont prêtes à se sacrifier pour l'Armée des Ombres.
Le commentaire d'Al : « Les ORK sont puissants mais leurs techniques de combat ne sont pas au point.
On peut facilement les découper en rondelles. »
UN, DEUX, TROIS... CE N'EST PAS UNE IMMENSE TRIBU MAIS...
... J'AI L'IMPRESSION QU'ILS ONT PRIS POSSESSION DU TERRITOIRE...
TU FAIS QUOI ?!?
TAP
C'EST VRAI QU'IL Y A DES ORK ICI ?!?
TAP
TAP
CHUUT!
HMPF...

MINCE... PAS LE TEMPS DE RETOURNER À ALONDA...
... PRÉVENIR LA GARNISON DE RÉSERVE, ELLE NE POURRA PAS ÊTRE LÀ AVANT DEUX JOURS !
D'ICI LÀ, TOUS LES VILLAGEOIS SERONT PRIS EN OTAGE.
BON, ADMETTONS QUE CE SOIT UNE PETITE TRIBU... ILS SONT AU MOINS 50, AU BAS MOT !
PFFF... QUELLE GALÈRE !
DE PLUS, SI LA GARNISON ATTAQUE DE FRONT, JE RISQUE DE NE PLUS JAMAIS REVOIR PAPA ET MAMAN...
IL FAUT INTERVENIR MAINTENANT, AVEC AL ! NOUS N'AVONS PAS D'AUTRE CHOIX !

LE PROBLÈME, C'EST QUE JE NE L'AI PAS ENGAGÉ POUR ÇA.
ET PUIS, C'EST UN SQUELETTE... IL RISQUE DE FINIR EN MIETTES !
HOP
JE DOIS Y ALLER SEULE !
CLAC
LÉVA...
TU M'AS FAIT PEUR ! NE RECOM-MENCE JAMAIS ÇA !!
PARDON...
JE VOULAIS TE DIRE QUE J'AI DÉJÀ SAUVÉ DES VILLAGES PAR LE PASSÉ.
JE PENSE POUVOIR Y ARRIVER CETTE FOIS ENCORE, MAIS J'AI BESOIN DE TON AIDE.

TU ES D'ACCORD ?
HEIN ?
ああああああああ
AAAAAH
... ?
QU'EST-CE QUE C'EST ?
わあああああああ
WHAAAAA

TAP
TAP
. TU VAS MOURIIIIIIR !!
TAP
TAP
GAAAAAAAAAA !!
REGARDE ! UN SQUELETTE !
C'EST QUOI, CE DÉLIRE ?!
IMBÉCILE !
MATE PLUTÔT LA FEMELLE !

COMME SA POITRINE EST PLATE...
SES CHEVEUX BRUNS FLOTTENT AU VENT MAIS SA POITRINE, ELLE, NE BOUGE PAS.
あん
AAAH !
CETTE FEMELLE EST LE SYMBOLE MÊME DE LA BEAUTÉ !
C'EST NOTRE DEVOIR DE LA PROTÉGER !
T'ES UN VRAI MANIAQUE, TOI ?!
ET SES TRAITS ENFANTINS... ON DIRAIT UNE HÉROÏNE DE MANGA... ET UNE POITRINE PLATE.
J'AI L'IMPRESSION QU'ILS SE FOUTENT DE MOI...
TAIS-TOI ET COURS !
VIENS PAR ICI, TOI ! TU SERAS MA FEMME !
KYAA !
HOP
ZRAAA
PAS QUESTION QUE TU LA GARDES POUR TOI TOUT SEUL !
EN ATTENDANT VIENS M'AIDER À DÉGLINGUER CE SAC D'OS !

ダァリャア!
ZLANG
ZLANG
オラアア
ZLANG
VOUS ÊTES TROP NULS !
APPRENEZ À VOUS METTRE EN GARDE !
オラァアア
ZLANG
ロス
HEIN ?
CRÈVE!!
VIIIOOOUUUUU
ZZZZU
ぱかん
ZBLAAAM

YEAH YEAH YEAH !
IL EST SUPER FORT, EN FAIT !
C'EST QUI, CE SAC D'OS ?!
TOI ET TA POITRINE PLATE, RESTEZ DERRIÈRE !
PAS QUESTION QUE TU T'APPROCHES DE...
... MA FEMME...
BAAAM
BAOM
...
JE NE SUIS PAS TA FEMME !

REGAR-DEZ !
UNE NOU-VELLE FE-MELLE...
UNE FE-MELLE...
うへへへへへ
HÉ HÉ HÉ
AAAAH...
GOOOH
GOOOH
GOOOH
BANDE DE PERVERS !

MERCI POUR TON AIDE.
KRACK
TROIS D'UN COUP ?
QUI... QUI ES-TU ?
REGARDEZ !
UN SQUELETTE !
RAAH
RAAH
UN SQUELETTE...
RAAH
わあああああああ
WAAAAAAA
JE T'EXPLIQUERAI PLUS TARD ! POUR L'INSTANT, OCCUPE-TOI DES VILLAGEOIS !
MOI, JE VAIS RETENIR LES ORK !
RAAAAH
BLOM BLOM BLOM
ドドドドド

OUAAAAH
うらあああああ
JE RÊVE ?
IL EST EN TRAIN DE DÉROUILLER TOUS LES ORK, À LUI TOUT SEUL !
BAM
バギ
BOM
ドス
BOO
ボゴ
GOO
ガス
TCHAC
DÉPÊCHEZ-VOUS ...

IL FAUT VOUS METTRE À L'ABRI, MAINTENANT !
LÉVA ?
C'EST TOI ?
LÉVA ?
PAPA ! MAMAN !
VOUS ÊTES...
... SAINS ET SAUFS !

C'EST PAS VRAI...
C'EST UN CAUCHEMAR ?
CLOK
CLOK
COMMENT CE SQUELETTE...
... A-T-IL PU METTRE À TERRE 38 DE MES COMPAGNONS ?!
ポキ PLOK
ポキ PLOK

HA HA HA
BON, ASSEZ RIGOLÉ...
TU VAS TE RENDRE, TOUT DE SUITE !
ET EN PLUS, IL PARLE ?!
SECKEL M'AVAIT DIT QUE CE SERAIT UNE MISSION FACILE.
RAAH...
RAAH...
JE NE POURRAI JAMAIS LUI DIRE QU'UN SQUELETTE NOUS A MIS UNE RACLÉE !
JE SUIS LE MENEUR DU GROUPE, JE DOIS PRENDRE MES RESPONSABILITÉS !
JE T'AURAIS PRÉVENU...

ZUAAAM
VLOOOAM
GWAAA

BON VOYAGE !
ET QUE JE NE TE REVOIE PLUS PAR ICI !
VIIOOOUM

ZOING
わっ
ZOING
わっ
POURQUOI VOUS NE VOUS JOIGNEZ PAS À NOUS ? VOUS ÊTES NOTRE SAUVEUR...
BONSOIR ...
VOUS SAVEZ, JE N'AIME PAS TROP LES FÊTES...

VOUS POUVEZ VOUS METTRE DANS CETTE CABANE, SI VOUS VOULEZ...
CE N'EST PAS...
... LA PREMIÈRE FOIS QUE VOUS SAUVEZ NOTRE VILLAGE...
JE NE SAIS PAS COMMENT VOUS REMERCIER.
HA HA...
DE QUOI PARLEZ-VOUS ?
JE N'AI JAMAIS MIS LES PIEDS ICI...
UN PLAN D'ATTAQUE DISCRET POUR LIBÉRER LE VILLAGE ET...
... ÉVITER QUE LES ÂMES QUI L'HABITENT NE SOIENT PRISES EN OTAGE...
UNE PARFAITE MAÎTRISE DES ARMES, QUE CE SOIT CONTRE PLUSIEURS ENNEMIS...
... OU CONTRE UN SEUL...
JE ME SOUVIENS DE TOUT, VOUS SAVEZ.

MÊME SI VOUS N'AVEZ PAS LA MÊME ÉPÉE...
CLAK
... QUAND JE VOUS AI VU...
... J'AI RECONNU CE VAILLANT PALADIN QUI A SAUVÉ MON VILLAGE...
... DES GRIFFES DE L'ARMÉE DES OMBRES, IL Y A 5 ANS...
AUTREMENT DIT...
FWAA
... JE SUIS DÉMASQUÉ...

VOUS AVEZ TELLEMENT FA POUR NOUS...
MES REMERCIE-MENTS NE SERONT JAMAIS À LA HAUTEUR.
VOUS AVEZ RAMENÉ LA LUMIÈRE SUR CES TERRES...
VOUS ÊTES ALVIS ALBERS !

IZANA...
DOOO
AVANT QUE LE ROI DÉMON NE TE DÉTRUISE...
TU N'AURAS PAS LE TEMPS DE TE RÉGÉNÉRER ENTIÈREMENT...
CE SONT EUX QUI TE SAUVERONT !
DOOO
TES POUVOIRS DE NÉCROMANCIENNE !
JE T'EN PRIE !
DOOO

NON...
NON !
ATTENDS !
L'ARMÉE DES CINQ NATIONS S'EST SACRIFIÉE POUR REPOUSSER L'ARMÉE DES OMBRES.
L'HUMANITÉ SERA COMPLÈTEMENT DÉTRUITE SI JE N'INTERVIENS PAS MAINTENANT.
JE N'AI PAS LE CHOIX !
DOOO
DOOO

IDIOT...
ON ME LE DIT SOUVENT...

NON !
DOOO
HIIIIIIIINN
TU AVAIS LE TEMPS DE CONS-TRUIRE UN MUR ANTI-BALLES...
TU N'AURAIS PAS EU À TE FAIRE SAUTER LE CAISSON POUR NE PAS QU'ILS TE PRENNENT VIVANT !
FLAP FLAP
... ESPÈCE DE VIEUX FOSSILE !
OOOOOH

QUAND TU MEURS, TON ÂME...
GOOO
G'AAAH
... SE DÉTACHE DE TON ENVELOPPE CORPORELLE.
BOOO
TU DOIS LA RETENIR POUR QU'ELLE NE SOIT PAS EN PERPÉ-TUELLE ERRANCE.
ZDOON
DOO
DÔO
ELLE S'ÉLOIGNE DE TOI.
SINON, ELLE ÉVOLUERA LOIN DE TOI ET TU NE LA RÉCUPÈRERAS JAMAIS.
DOO

TU ES PLUS FORT QUE LA MORT.
DOUÉ D'UNE FORCE PLUS PUISSANTE QUE N'IMPORTE QUEL GUERRIER.
IZANA...
ALVIS, TU ES UN IDIOT !
PERSONNE NE PEUT PRENDRE LE CONTRÔLE SUR TOI.

TU ES FOU !
NOOON...
JE SUIS NORMAL...
OOOAAH
AAAH !
LE MONDE...
KRAACK

KRAACK
KRAACK
... EST...
... À...
GYAAH
GOOOO
... MOI !

KYUUH
ZBOO
GAAAKYUUH

CRISH
CRISH
CRASH
QUAND J'AI SU QUE VOUS ÉTIEZ MORT EN COMBATTANT LE ROI DÉMON...
... J'AI VRAIMENT EU DE LA PEINE.
MAIS LA VÉRITÉ EST BIEN PIRE...
JE NE VOUS LE FAIS PAS DIRE...
HOP
MAINTENANT, J'AI DES FAUSSES CORDES VOCALES... QUAND JE PARLE, L'AIR TREMBLE...
J'AI MIS DU TEMPS À M'Y HABITUER.

BREF, JE SUIS UN MORT-VIVANT ET JE N'Y PEUX RIEN !
ZLOUP
AAAAH !
L'AVANTAGE, C'EST QUE MES SENS SONT HYPER DÉVELOPPÉS !
LÉVA !
MA PAROLE, TU ES SAOULE ?!
HÉ HÉ...

GLOU
OUAIS...
GLOU
GLOU
ぷはーっ
BOUAAAHHH
JE CROYAIS QUE LES PALADINS ÉTAIENT PLUS FORTS QUE ÇA !
JE SAVAIS QUE...
... JE NE GARDERAIS PAS LONGTEMPS LE SECRET...
TANT PIS !
QUOI ?
Y A RIEN DE MAL À ÊTRE UN SQUE-LETTE ET UN PALADIN, NON ?
JE N'AI RIEN FAIT DEPUIS 3 ANS...
... PARCE QUE LA GUERRE N'EST PAS FINIE ET QUE...
... JE N'AI PLUS ENVIE DE LA FAIRE !
JE PRÉFÈRE LAISSER L'ARMÉE DES CINQ NATIONS FAIRE SON BOULOT.
JE N'AI PLUS MON MOT À DIRE DANS CE CONFLIT !

LE PALADIN QUE VOUS AVEZ ÉTÉ APPARTIENT AU PASSÉ.
VOUS VOULEZ ÊTRE LIBRE, C'EST ÇA ?
DISONS QUE J'AURAIS PRÉFÉRÉ CONTINUER À VIVRE CACHÉ POUR VIVRE HEUREUX...
MAIS FINALEMENT, J'AI ENCORE BEAUCOUP DE TRAVAIL À FAIRE.
BEAU-COUP DE PERSONNES ONT BESOIN DE MES SERVICES.
CEPENDANT, JE NE VEUX PAS PRENDRE TROP DE RISQUES.
KRACK
VOUS SAVEZ POURQUOI ?

PARCE QUE JE VEUX FAIRE DE VIEUX OS !
ELLE EST BONNE, NON ?
MON CHER AL...
OH LA BLAGUE POURRIE !
BIEN ESQUIVÉE, MONSIEUR LE MAIRE !

PERMETTEZ-MOI DE VOUS DONNER UN CONSEIL.
LES HOMMES SONT FONCIÈREMENT BONS MAIS...
... ILS PEUVENT ÊTRE CAPABLES DES PIRES CRUAUTÉS.
PRENEZ SOIN DE VOUS.
MERCI, JE GARDERAI VOS PAROLES EN TÊTE.

L'UNION DES PALADINS EST HEUREUSE DE PROMOUVOIR AL...
... AU NIVEAU DE « FLAMME ORDINAIRE » POUR AVOIR LIBÉRÉ ET PROTÉGÉ...
... LE VILLAGE DE TIGUES QUI AVAIT ÉTÉ ENVAHI PAR DES ORK !
OOOH
MERCI !

VOTRE RÉCOMPENSE...
JE VAIS POUVOIR ME LA COULER DOUCE !
GÉNIAL !
J'AI AUSSI CETTE LETTRE POUR VOUS.
HEIN ?
J'AI COMME...
... UN MAUVAIS PRESSENTIMENT...
C'EST HUBUL...
TU ES PALADIN PAR NATURE ET C'EST TOUT CE QUE TU SAIS FAIRE. TU DOIS CONTINUER À RÉGLER LES PROBLÈMES DE CE BAS-MONDE ET AIDER LES VICTIMES DE LA GUERRE TOUT EN RETROUVANT LA TRACE D'IZANA. CETTE RÉCOMPENSE N'EST QU'UNE PREMIÈRE ÉTAPE POUR TE MOTIVER DANS TA MISSION ETC...
AUTREMENT DIT, ELLE ATTEND DE MOI QUE JE RAMÈNE L'ORDRE DANS TOUTES LES RÉGIONS DU ROYAUME.

BON, POUR L'INSTANT, J'AI MIEUX À FAIRE.
CLAP CLAP
MESDAMES ET MESSIEURS, VOTRE ATTENTION S'IL VOUS PLAÎT...
KLAANG
À LA VÔTRE !

TU ES SÛR QUE C'EST UNE BONNE IDÉE...
ARRÊT NET
... DE DÉPENSER TA RÉCOMPENSE EN ALCOOL ?

TU SAIS, LES SQUELETTES N'ONT PAS VRAIMENT DE BESOINS MATÉRIELS.
DIS DONC...
LES PALADINS NE SERAIENT-ILS PAS UN PEU PHILAN-THROPES ?
SI JE PEUX FAIRE PROFITER LES AUTRES DE MON ARGENT, ÇA ME VA !
PERSO, J'EN PROFITE AUSSI ALORS JE NE ME PLAINS PAS...
MÊME LA FILLE DE L'ACCUEIL DE L'UNION S'EST DÉTENDUE ET PREND DU BON TEMPS !
HÊ ! TU VAS OÙ ?!
TU AIMES FAIRE LE BIEN AUTOUR DE TOI, AL, ÇA SE VOIT...
BEAUCOUP DE PERSONNES COMPTENT SUR MOI...

TU VAS PARTIR, C'EST ÇA ?
JE DOIS RETROUVER QUEL-QU'UN...
TU POURRAIS RESTER ENCORE UN PEU...
?
ON SE REVOIT...
... BIENTÔT, HEIN ?
PROMIS ?
JE FERAI DE MON MIEUX...

... POUR NE PAS MOURIR UNE DEUXIÈME FOIS D'ICI LÀ !
IDIOT...
ON ME LE DIT SOUVENT !

Le squelette
qui était un héros.
Chapitre 2 Mission en souterrain (partie 1)

QUELLE BELLE...
... NUIT ÉTOILÉE...

JE N'AI PAS DORMI DEHORS DEPUIS LONGTEMPS.
AH...
J'AURAIS DÛ GARDER UN PEU D'ARGENT...
... POUR ME PAYER UNE CHAMBRE.

JE NE PENSAIS PAS QUE TOUT DISPARAÎTRAIT SI VITE EN BOISSON.
FAUT QUE JE TROUVE UN TOIT.
VLANG
BAH... EN ATTENDANT, UN RETOUR AUX SOURCES NE PEUT PAS ME FAIRE DE MAL...
KZAA
HIC
KZAA

MINUTE...
JE SENS...
... UNE PRÉSENCE HUMAINE... UN PALADIN ?
HOP !
ZAAAA
BONSOIR...
RASSURE-TOI, JE NE SUIS PAS UNE ENNEMIE.
ZAAAA
TU PEUX ME PRÊTER DU FEU...
QU'EST-CE QU'ELLE FAIT LÀ, EN PLEINE NUIT ?!

QUAND UN PALADIN
ET UN SQUELETTE
SE RENCONTRENT...

TCHAK
SLAAAAASH

ATTENTION !
PLOK !
TU NE M'ÉCHAPPERAS PAS !
ZLAK
ATTENDS !
DU CALME !
JE NE SUIS PAS UN SQUELETTE DÉLINQUANT ! JE SUIS MEMBRE DE L'UNION DES PALADINS !
SLAAAAASH
SLAAAAAASH

TU PARLES ?!?
TU ES CERTAINEMENT UN VOLEUR !
VIIOOOUUU
MINCE... JE SUIS TOMBÉ SUR UNE FILLE QUI N'ÉCOUTE PAS CE QU'ON LUI DIT !
VIIOOOUUU
VIIOOOUUU
SLAASH
JE SUIS MIKTRA COOTE ET J'AI LE NIVEAU « FLAMME ORDINAIRE » ! JE PROTÈGE LES HABITANTS DE LA RÉGION.

ET JE VAIS TE DÉCOUPER EN RONDELLES !
ZLAASH
POSE TON ARME !
HYUU
HYUU !!
TU ES EN TRAIN DE...
... FAIRE UNE GROSSE ERREUR !

GOOLO GOOLO GOOLO
BAM
LA MEILLEURE DÉFENSE, C'EST LA FUITE !
ZIOUUU
HÉ !
AT-TENDS !
SÛRE-MENT PAS !
QUELLE FROUSSE !
PERSONNE NE SAIT QU'UN SQUELETTE PALADIN EXISTE, À PART À ALONDA ?!
TCHAC...
BON, C'EST QUAND MÊME UN PEU MA FAUTE...

JE N'AURAIS PAS DÛ ALLUMER CE FEU DE CAMP... JE NE SUIS PAS EN VACANCES !
はーあ
AAAAH...
JE SUIS UN MORT-VIVANT !
ごろん
CLONG !
LES MORTS-VIVANTS NE SE PRÉLASSENT PAS À LA VUE DE TOUS !
BRRRR
HEIN ?
CLAC
ZLING ...

OÙ EST-IL PASSÉ ?
NON !
IL EST FORT...
HOP
HOP
C'EST MOI QUI MANQUE D'ENTRAÎNEMENT !
JE DOIS REDOUBLER D'EFFORTS POUR DEVENIR PALADIN.

POUR ARRIVER À SON NIVEAU !

HA!
C'EST COMME ÇA QUAND ON VOYAGE SEULE, ON FINIT PAR S'ENFERMER DANS SON MONDE.
GRLL
GRLL
GRLL
FAUT PAS QUE JE PENSE À LUI, ÇA ME DÉPRIME...
SLAÀÀ
JE DOIS AGIR AVANT QU'IL APPELLE SES COMPA-GNONS !
KUIIIK
KUIIIK
KUIIIK

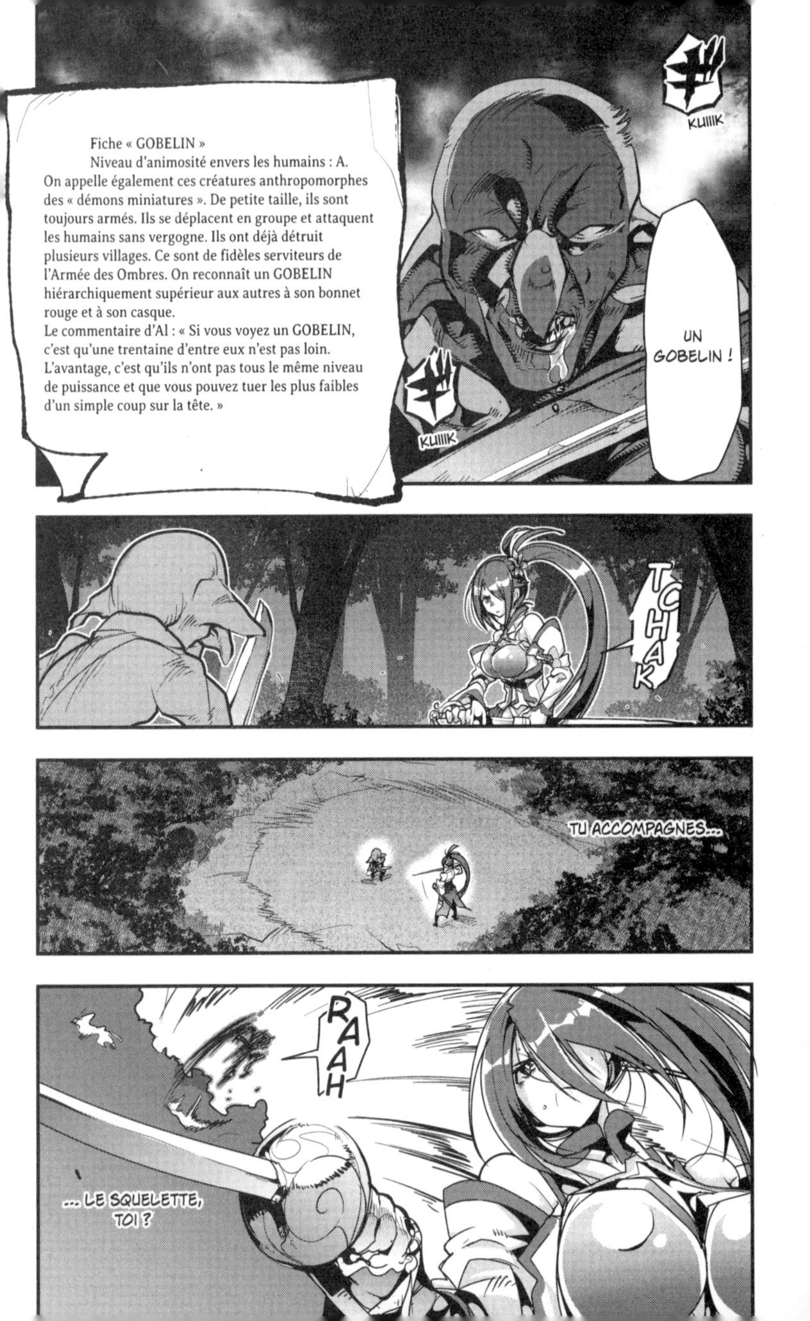
KUIIIK
Fiche « GOBELIN »
Niveau d'animosité envers les humains : A.
On appelle également ces créatures anthropomorphes des « démons miniatures ». De petite taille, ils sont toujours armés. Ils se déplacent en groupe et attaquent les humains sans vergogne. Ils ont déjà détruit plusieurs villages. Ce sont de fidèles serviteurs de l'Armée des Ombres. On reconnaît un GOBELIN hiérarchiquement supérieur aux autres à son bonnet rouge et à son casque.
Le commentaire d'Al : « Si vous voyez un GOBELIN, c'est qu'une trentaine d'entre eux n'est pas loin. L'avantage, c'est qu'ils n'ont pas tous le même niveau de puissance et que vous pouvez tuer les plus faibles d'un simple coup sur la tête. »
UN GOBELIN !
KUIIIK
TCHAK
TU ACCOMPAGNES...
RAAH
... LE SQUELETTE, TOI ?

ZLAANG
C'ÉTAIT QUOI, ÇA ?!
PLOF
QUELLE IDIOTE...
LES GOBELINS NE SE DÉPLACENT JAMAIS SEULS !
COMMENT J'AI PU OUBLIER ÇA !
C'ÉTAIT POURTANT ÉCRIT DANS LA « GRANDE ENCYCLOPÉDIE DES CRÉATURES DÉMONIAQUES » QUE J'AI LUE PENDANT MA FORMATION !
AAH !

C'EST LA FIN...
VIIIOOOUU !!
SDOOOOOOOONG !!!

ZRA!?
ZRA!?
GOOOONG
TOI !
À L'AT-TAQUE !
BAAAM

ZLAASH
LE SQUELETTE...
IL EST VENU À MON SECOURS ?
FUUH !
IL N'EST PAS... AVEC LES GOBELINS ?!
HAAN
HUMF
HUMF
HAAN
HAAN
HAAN...

BONNET ROUGE !
LA DERNIÈRE FOIS QUE JE T'AI VU, C'ÉTAIT AU CHÂTEAU DU ROI DÉMON !
KYA
KYAA
KYA...
LES BONNETS ROUGES...
...SONT CEUX QUI ONT DÉJÀ GAGNÉ PLUSIEURS BATAILLES...
IL FAUT ÊTRE UN PALADIN DE NIVEAU SUPÉRIEUR POUR LES COMBATTRE ! LES...

ALLEZ...
CLAC
AU BOULOT...

SHLASH !!!
VIIIOOOU
QUELLE RAPIDITÉ !
IL UTILISE LA TAILLE DE SON ADVERSAIRE À SON AVANTAGE POUR LUI COUPER LES TIBIAS !
ZAAA
« LAME APAISANTE »...
C'EST PRATIQUEMENT IMPOSSIBLE DE RÉUSSIR CE COUP EN PLEINE NUIT, SANS UNE BONNE VISION !

« FAUCHARD DUCTILE » !

DOOO
GOLOOOOOO...
THAK
C'EST COMME ÇA, LES GOBELINS...
PLIC
PLIC
DÈS QUE ÇA PREND DU GRADE...
... ÇA NE SE SENT PLUS !

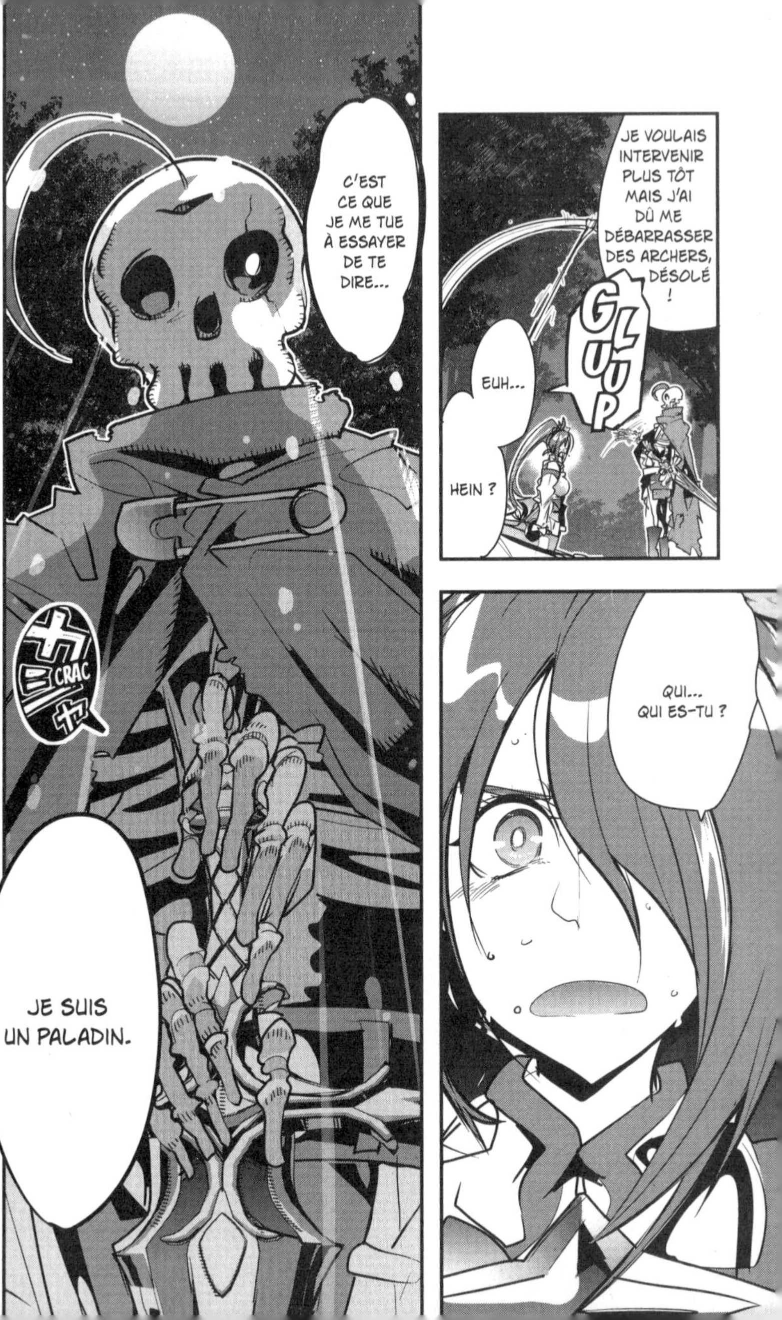
JE VOULAIS INTERVENIR PLUS TÔT MAIS J'AI DÛ ME DÉBARRASSER DES ARCHERS, DÉSOLÉ !
GLUUP
EUH...
HEIN ?
QUI... QUI ES-TU ?
C'EST CE QUE JE ME TUE À ESSAYER DE TE DIRE...
CRAC
JE SUIS UN PALADIN.

Le squelette qui était un héros.
JE SUIS MIKTRA COOTE ET JE SUIS UN PALADIN NIVEAU « FLAMME ORDINAIRE ».
OH
MOI, C'EST AL LE SQUELETTE ET JE SUIS AUSSI UN PALADIN.
Chapitre 3 Mission souterraine (partie 2)
TU VAS POUVOIR FAIRE TON RAPPORT À L'UNION ET...
KRACK
JE DÉTESTE LES VASES !
... LEUR DIRE QUE JE NE SUIS PAS UN VOLEUR !
HI-!
TU N'AS PAS BESOIN DE VENIR AVEC MOI DANS CE SOUTERRAIN, TU SAIS...

BOM ドキ
SI !
TU M'AS SAUVÉ LA VIE, JE DOIS TE RENDRE LA MONNAIE DE TA PIÈCE !
BOM ドキ
POURQUOI IL CASSE CE VASE ?
LES HABITANTS DE CETTE RÉGION, ILS PEUVENT SE DÉBROUILLER SEULS...
C'EST QUOI ÇA, UNE GRAINE DE KAKI ?
ET JE DOIS PROTÉGER LES HABITANTS DE CETTE RÉGION !
IL DOIT Y AVOIR UN PAQUET DE GOBELINS À L'INTÉRIEUR... TU ES SÛRE QUE ÇA IRA ?
HOP
OUI !
ILS NE ME FONT PAS PEUR !

GLOUPS
J'AI ADORÉ TA TECHNIQUE À L'ÉPÉE, TOUT À L'HEURE... C'ÉTAIT BLUFFANT !
BLL
BLL
QUI ÉTAIT TON MAÎTRE D'ARMES ?
BLA
TU VIENS DE QUELLE ÉCOLE ?
ELLE A BESOIN DE SE DÉTENDRE...

ELLE MANQUE D'EXPÉRIENCE.
GLUP
ELLE N'A SÛREMENT JAMAIS MIS LES PIEDS DANS UN DONJON ET ENCORE MOINS POURSUIVI DE QUÊTE.
GLUP
ELLE DOIT ESSAYER DE MONTER DANS LES NIVEAUX EN ÉLIMINANT LE PLUS POSSIBLE DE DÉMONS.
S
MAIS SA DÉMARCHE EST SINCÈRE.
O
ELLE MÉRITE QUE JE LUI DONNE UN OS À RONGER.
SOYONS HONNÊTE AVEC ELLE.
J'AI FRÉQUENTÉ PLUSIEURS ÉCOLES...
... MAIS MON MAÎTRE...
... C'EST ALVIS ALBERS...
... TU CONNAIS ?

HA...
HA...
HA...
TADAAA
SÉRIEUX ?!?
ALVIS LE PALADIN ?!?
CHUT !
ON VA NOUS ENTENDRE !
KLASH
PARDON...
EN FAIT, J'AI TRAVAILLÉ LONGTEMPS À SES CÔTÉS, EN TOUTE DISCRÉTION, ET JE SUIS MORT TOUT AUSSI DISCRÈTEMENT.
PEU DE GENS LE SAVENT.
C'EST NORMAL PUISQUE JE VIENS D'INVENTER CETTE HISTOIRE !

KYAA
ÇA ALORS !
JE L'IGNORAIS !
KYAA
TU ES UN GUERRIER DE L'OMBRE... C'EST TROP CLASSE !
ELLE EST COMPLÈTEMENT GAGA D'ALVIS !
ÇA NE M'ÉTONNE PAS D'ALVIS LE GRAND ! UNE ARMÉE DE MORTS-VIVANTS POUR LUI TOUT SEUL !
TANT MIEUX...
ALVIS LE GRAND...?
RESTONS CONCENTRÉ...
MAIS ALORS...
SI TU AS VRAIMENT ÉTÉ UN COMPAGNON D'ALVIS...
... TU DOIS POUVOIR RÉPONDRE AUX QUESTIONS QUE JE VAIS TE POSER ?!
HEIN ?

C'EST L'HEURE...
... DU « QUIZ PALADIN » !
HEIN ?!
OH NON
QUESTION 1
QUESTION 2 !
QUESTION 3 !!
GOLOO
GOLOO
Fiche « GOLEM »
Niveau d'animosité envers les humains : zéro
(car un GOLEM assiste ou défend son créateur)
C'est un soldat qui a été façonné grâce à la magie,
un être artificiel qui peut prendre plusieurs formes,
généralement humanoïde.
Les plus petits sont de la taille d'une souris,
les plus grands de la taille d'une forteresse.
Le GOLEM est fait d'argile, incapable
de parole et de libre-arbitre.
Certains sont faits de chair humaine,
on les appelle des « FRESH GOLEM ».
D'autres sont faits de substances
minérales, on les appelle des
« MATERIA GOLEM ».
Le commentaire d'Al : « Pour terrasser
un GOLEM, il faut briser le sceau
magique qui est sur son corps. »

DOOGOO
PLOK
SLING
« SHU-
RIKEN DE
CALCIUM » !

SPLASH
« LAME ONDOYANTE » !
GROOO
CCCC
DOOO
« CIEL BLEU » !

KYAH!
KYAH
BROOOOM
PARDON, AL !
HIK !

ZHLASH
FFU
TCHAK
REPRENONS NOTRE QUIZ, QUESTION 50...
PLUS TARD ! AVANCE !

AUCUN DOUTE ! CE SQUELETTE EST UN VRAI PALADIN !
IL MÉRITE UNE MÉDAILLE !
IL SAVAIT EXACTEMENT OÙ FRAPPER POUR TUER LES GOLEMS.
EN PLUS, IL A RÉPONDU À TOUTES LES QUESTIONS DU QUIZ.
CHOUETTE !
HÉ HÉ
ON A DU BOL !

REGARDE... ILS ÉTAIENT EN TRAIN DE MANGER ET...
... ILS N'ONT PAS FINI LEUR REPAS !
ILS DEVAIENT ÊTRE EN CHARGE DE LA SURVEILLANCE DE CET ÉTAGE.
ON NE DEVRAIT PLUS TOMBER SUR DES GOLEMS PENDANT UN MOMENT.
LES AUTRES ONT PEUT-ÊTRE ENTENDU DU BRUIT QUAND ON SE BATTAIT CONTRE EUX ?
NON, J'AVAIS ACTIONNÉ MON FILTRE ANTI-BRUIT.
DE TOUTE FAÇON, JE PENSE QU'ILS ONT PRIS LA FUITE.
IL Y A DONC AUSSI DES MAGICIENS PARMI LES VOLEURS.

SI ON FAISAIT UNE PAUSE ?
MOI, ÇA VA, MAIS TOI TU ES HUMAINE.
EUH... OUI, MERCI.
HAN
HAN
HAN
PFF...
UNE BONNE CONDITION PHYSIQUE NE SUFFIT PAS POUR DEVENIR PALADIN !
J'AI ENCORE DU CHEMIN À FAIRE POUR LUI ARRIVER À LA CHEVILLE.

DIS...
HIK
TU ÉTAIS QUEL GENRE D'HOMME, QUAND TU ÉTAIS EN VIE ?
J'ÉTAIS BANAL ET INSIPIDE.
JE NE PROFITAIS PAS DE LA VIE, J'ÉTAIS OBSÉDÉ PAR UNE SEULE CHOSE...

ET FINALE-MENT...
... JE SUIS MORT SANS ÉVOLUER...
ET TOI, D'OÙ VIENS-TU ?
EUH...
EH BIEN...
...
MA FAMILLE APPAR-TIENT À LA NOBLESSE D'EIEN...
... LES LANTRA-COOTE...
MON VRAI NOM EST MIKU DE LANTRACOOTE.

C'EST UNE PUISSANTE FAMILLE, NON ?!
AUTRE-FOIS, OUI.
J'ÉTAIS LEUR SEULE FILLE ET MES PARENTS VOULAIENT QUE J'ÉPOUSE QUELQU'UN DE BIEN.
OH...
... JE VOIS...
ET QUI ÉTAIT L'HEUREUX ÉLU ?
ALVIS ALBERS.
わ
HEIN ?
あ
あ
あ
ILS ÉTAIENT TELLEMENT PRESSÉS QUE MÊME LE RANG DE CONCUBINE LEUR SUFFI-SAIT.
MOI AUSSI, J'ÉTAIS D'ACCORD.
FFR
MALHEU-REUSE-MENT...

ALVIS EST PARTI SE BATTRE CONTRE LE ROI DÉMON...
OUI... ET MON PETIT FRÈRE EST ARRIVÉ.
J'AI PENSÉ QUE MA PLACE N'ÉTAIT PLUS DANS CETTE FAMILLE ET...
... JE L'AI QUITTÉE POUR DEVENIR PALADIN.
JE VOULAIS DEVENIR COMME ALVIN ET AIDER MON PROCHAIN MAIS...
... C'EST PLUS DIFFICILE QUE CE QUE JE PENSAIS.

IL NE FAUT PAS TE METTRE LA PRESSION COMME ÇA...
PLOK
VLOF
JE NE SAIS PAS POURQUOI JE TE RACONTE ÇA...
... C'EST BIZARRE...
JE NE L'AI JAMAIS DIT À PERSONNE.
MAIS TU M'INSPIRES CONFIANCE.

ET PUIS MES PROBLÈMES SONT CERTAINEMENT PLUS LÉGERS QUE CEUX QUE TU AS DÛ SURMONTER, TOI...
TU SAIS, LA LÉGÈRETÉ, ÇA ME CONNAÎT... JE NE SUIS QU'UN SAC D'OS !
LES SQUE-LETTES NE PEUVENT PAS SAUVER LES HOMMES.
SI ÇA PEUT TE RASSURER, DIS-TOI QUE TU AS UNE ÂME DE PALADIN.
PLOK
CES CHOSES-LÀ, JE LES SENS !

MERCI...
TAC
TAC
DE QUOI ?
DE M'AVOIR ÉCOUTÉE, ÇA M'A FAIT DU BIEN.
TANT MIEUX.
AVANÇONS !
LE NIVEAU LE PLUS PROFOND N'EST PLUS TRÈS LOIN.
COMMENT TU SAIS ÇA ?
HA !

VU LA TAILLE DE LA PORTE...
... ON EST AU BON ENDROIT.
JETONS UN ŒIL À L'INTÉRIEUR...
CRRRIII
CRRRIII
HUM...

GOOO
GOOO
GOOO
GOOO
GOOO
VLAM
KIII
UNE CHIMÈRE... COLOS-SALE !
C'EST LA PREMIÈRE FOIS QUE J'EN VOIS UNE !
C'EST UN BOSS ÇA, C'EST SÛR !
BON, ON N'A PAS LE CHOIX...

ELLE NE DOIT ABSOLUMENT PAS SORTIR DE CETTE PIÈCE !
HOP
MIKTRA, OCCUPE-TOI DES GOLEMS...
TU VAS Y ARRIVER TOUT SEUL ? ELLE EST ÉNORME !
J'EN AI DÉJÀ CHASSÉ QUAND JE TRAVAILLAIS AVEC ALVIS.
CE N'EST PAS UNE CHIMÈRE DE CETTE TAILLE...
... QUI VA ME FAIRE PEUR !

BRR
TU TREMBLES, MA FILLE.
CONTRÔLE-TOI !
AL T'A RECONNUE COMME UNE VRAIE GUERRIÈRE.
NE TE METS PAS TROP LA PRESSION, D'ACCORD ?
NE PENSE PAS À TA FAMILLE OU AUX PALADINS.
TON DEVOIR...
... CONSISTE...
... À PROTÉGER LE PEUPLE, POINT BARRE !
IL A RAISON...
K-I-I...
MOI AUSSI MAINTENANT...

JE SUIS UN PALADIN !

MIKTRA...
TCHAK
ÇA NE VA PAS ÊTRE UNE PARTIE DE PLAISIR MAIS JE COMPTE SUR TOI POUR ME COUVRIR !
JE M'OCCUPE DE LA CHIMÈRE MAIS TU DOIS EMPÊCHER LES AUTRES CRÉATURES QUI POURRAIENT SURGIR DE S'APPROCHER DE MOI.
FAIS-MOI CONFIANCE, JE NE TE LAISSERAI PAS TOMBER !
GRRAOOO
GROO

JE VOUS ATTEN-DAIS !
NYA
C'EST VOUS QUI AVEZ DÉJOUÉ NOTRE PLAN MALÉFIQUE ?
MINCE...
UNE CHIMÈRE QUI PARLE ?!?

Chapitre 4 Mission souterraine (partie 3)
Le squelette qui était un héros.
Fiche « CHIMÈRE »
Niveau d'animosité envers les humains : E
(En fait, cela dépend du niveau d'animosité de son créateur.
E est le plus élevé et correspond à celui d'un animal sauvage)
Une CHIMÈRE est un monstre constitué d'au moins deux parties de différents animaux. Ce n'est pas une créature naturelle mais créée de toutes pièces par magie. Son créateur est généralement doué en biologie. La CHIMÈRE est la plus puissante des créatures magiques. Son degré d'agressivité varie selon les parties d'animaux qui la constituent mais certaines peuvent être aussi féroces qu'un dragon. La CHIMÈRE a une endurance hors du commun, cela grâce à l'énergie et à la vitalité des animaux qui la constituent. Pour la terrasser, il faut lui briser la tête. Certaines sont tellement réussies qu'elles vivent de façon autonome, ce qui est un vrai problème pour nos sociétés.
Le commentaire d'Al : « Une fois, j'ai vu une CHIMÈRE constituée d'un chat et d'un oiseau. Elle était super mimi. Mais elle m'a mordu. »

UN CORPS DE LION, UNE QUEUE DE SERPENT ET...
UN GOBELIN SUR L'ÉPAULE ! C'EST SÛREMENT LUI QUI L'A CRÉÉE.
QUELLE TRIS-TESSE !
COMMENT NOUS AVEZ-VOUS TROUVÉS ? NOUS VIVONS ICI DEPUIS LA CHUTE DU ROI DÉMON.
ADMIREZ LE RÉSULTAT DE NOS RECHER-CHES...
... CAR VOUS AVEZ DEVANT VOUS LE PIRE CAUCHEMAR DE L'HUMANITÉ !
GOOOOOO

...
POUR QUI IL SE PREND, CELUI-LÀ ?
CHUT !
C'EST LE GENRE DE MYTHO QUI ADORE PARLER DE LUI...
MOUHAHA ! LA RACE HUMAINE N'A PLUS D'AVENIR ! TREMBLEZ !
GRFF
MAIS J'Y PENSE...
TCHAK
SI VOUS ÊTES LÀ, C'EST QUE VOUS AVEZ TUÉ MES COMPAGNONS ?

HUM...
TU CROIS ?
GRROAH
EXACT...
EN EFFET...
ILS ONT DÛ PASSER PAR LA PORTE PRINCI-PALE...
....
...
...
...
...
MOUHAHAHAHA !!
ÇA VEUT DIRE QUE L'ACCÈS AU TERRITOIRE DES HUMAINS EST DÉSORMAIS PLUS FACILE POUR NOUS !
HA HA HA
QUELLE ASSU-RANCE !
MOI, IL ME FATIGUE...
OUI, MAÎTRE...

JE VAIS VOUS CLOUER LE BEC UNE BONNE FOIS POUR TOUTES !
« STRIKE VOLT » !!
HÉ !
SKRAAC
JE CROIS QU'IL EST À BOUT DE NERFS !
KABAAM
UN GOBELIN QUI MAÎTRISE LA FOUDRE À UN NIVEAU INTERMÉDIAIRE...
HAA !
... JE DEVRAIS N'EN FAIRE QU'UNE BOUCHÉE DE PAIN !

NÓRMALEMENT...
ZKRAG
DANS LE MILLE !
FLLOOOOP
NYA...

COUCHÉ ! JE NE SUIS PAS UN OS À MOELLE !
BAAAM
PLAF
BALAM
COM-MENT...
PLOK
... A-T-ELLE FAIT POUR SE RÉGÉNÉRER SI VITE ?
BALAM
PFFF... MON NIVEAU DE FORCE A ÉTÉ RÉDUIT DE MOITIÉ DEPUIS QUE JE SUIS UN SQUELETTE...
BLOM
BLOM
BALAM
ET ELLE, ELLE A DES POUVOIRS D'ATTAQUE EXTRÊ-MEMENT PUISSANTS.
BLOM
MAIS AUSSI UN POUVOIR DE GUÉ-RISON DE HAUT NIVEAU !
AL !

RESTE OÙ TU ES !
ZHLASH
HA !
VIOUUU
DOOO
RHA !?
FFF...
PAS MAL...
... POUR UNE FEMME...
TU N'ES PAS LE PREMIER GOBELIN QUE JE DÉROUILLE.
PFF
... BONNET ROUGE !

JE M'APPELLE EINHERJAR.
ZLING
ET J'ADORE ME BATTRE !
MOI, C'EST MIKTRA COOTE.
TCHAK
C'EST VRAI QUE TU TE DÉBROUILLES.
ET TU CONNAIS LE LANGAGE DES HUMAINS.
TOI ET MOI, NOUS N'EN AVONS PAS FINI !
VLOP
NE CROIS PAS...
... M'AMADOUER AVEC TES BELLES PAROLES !

SHLASH

ROOO
ZLING
SLASH
HAAA
KLING
BAOOO

AAH
SES OFFENSIVES SONT TROP POUSSÉES !
SOIT JE GARDE MES DISTANCES SANS BAISSER LA GARDE...
KLING
KLING
MAIS JE N'AI PAS AUTANT D'EXPÉRIENCE QU'AL !
SLING
SOIT...
... JE LUI RENTRE DEDANS !
FROOO
FRAACH

HA HA HA...
TU PRENDS DES RISQUES.
UNE VRAIE TÊTE BRÛLÉE !
TU N'AS PAS PEUR DE MOURIR ?
TCHAK
AL ME FAIT CONFIANCE.
ÍL SAIT QUE JE SUIS UNE GUERRIÈRE !
LA SEULE CHOSE...

... QUI ME FAIT PEUR...
... C'EST DE LE DÉCEVOIR !
RAH !!
NYAA
TU ES TRÈS BRAVE.

SPLOOO
SSSS~
HA HA HA ! QUE DIS-TU DE ÇA ?!
UNE SIMPLE DOSE DE CE POISON MORTEL SUFFIT À TERRASSER N'IMPORTE QUELLE CRÉATURE !
FAIS TA PRIÈRE !
TADAM
TU VOIS ?
JE SUIS DÉJÀ MORT, ÇA NE MARCHE PAS SUR MOI !
COMMENT ?!?
DANS CE CAS...
... JE VAIS TE LACÉRER DE MES CROCS !
AAAH

BAM
BOM
BROOAAAM
HUM ?
TON POISON NE MARCHE PAS SUR MOI MAIS...
KYAA
RAAAAHH
KYAA
HEIN ?
... JE NE PEUX PAS TE LAISSER SORTIR D'ICI ET ALLER LE CRACHER SUR LES HUMAINS !

« LAME ONDOYANTE » !
« LIBELLULE » !!
RAAAAHH
SHLING

ESPÈCE...
... DE SALOPARD !
NOUS NE TE LAISSERONS PAS...
BOUAH
ROAAH
... ENTRAVER NOTRE PLAN DE DESTRUC-TIOOOOOON !!!
FWOO
CROC
GROAAH

MOU HA HA HA HA HA !
UNE BONNE CARCASSE EST UNE CARCASSE BRÛLÉE !!!
GROOAAA
BOM
BOM
BOM
BOM
HA HA HA...
ALORS?
TU RENDS LES ARMES ?
PFFF

SHIOUUUU
SBAA
PLOF
HA...
POF POF
J'AI EU CHAUD MAIS PAR CHANCE, CE MANTEAU N'EST PAS IN-FLAMMABLE.
HEUREU-SEMENT QUE JE SUIS DÉJÀ MORT... SINON, J'Y AURAIS LAISSÉ LES OS !
HA HA HA
ÉPARGNE-NOUS TES BLAGUES À DEUX BALLES !
ES... ESPÈCE DE...

EN REVANCHE...
... JE NE SAIS PAS POURQUOI...
... MAIS TOUT D'UN COUP...
... J'AI LA TÊTE LOURDE !
FRSHH
BWAA
FRSHH
C'EST SÛREMENT PARCE QUE...
... JE N'AI PAS UTILISÉ MES POUVOIRS POUR ÉTEINDRE LE FEU...

GOOO
« MAGIE DU DRAGON DÉCHU », VIENS À MOI !
GOOO
L'ERREUR EST HUMAINE, APRÈS TOUT ! MAINTENANT, REPRENONS-NOUS !
GOOO
KLING
QU'EST-CE QUE C'EST ENCORE QUE CE TRUC ?

ZUW
INCISIVE DU DRAGON DÉCHU...
... CRACHE TON VENIN...
ZUW
IL S'ENDURCIT EN FAISANT COULER LA MAGIE DANS TOUT SON CORPS ?!
DE LA MAGIE IMPULSIVE ?!!
J'AI MENÉ BEAUCOUP DE COMBATS DANS MA VIE MAIS...
ZUW
ÉCLAIRE DE TA LUMIÈRE LE CHEMIN DE MORT QUE J'AI EMPRUNTÉ...

DÉVERSE TA COLÈRE ET...
CE SQUELETTE EST BEAUCOUP PLUS PUISSANT QUE CE QUE J'IMAGINAIS !
... MONTRE-MOI LE CHEMIN DE LA DESTRUCTION !

BON...
PRÊT ?
...
Chapitre 5 Mission souterraine (partie 4)
Autrefois un héros, aujourd'hui un os

J'AI DÉJÀ VU UN HOMME...
... CAPABLE DE MANIPULER LA MAGIE IMPULSIVE DE CETTE FAÇON.
WAAH
C'ÉTAIT PENDANT LA BATAILLE CONTRE LE ROI DES BÊTES SAUVAGES...
QUEL ÉTAIT SON NOM, DÉJÀ ?!
RESTE CONCENTRÉ, TU VEUX ?!
TCHAK

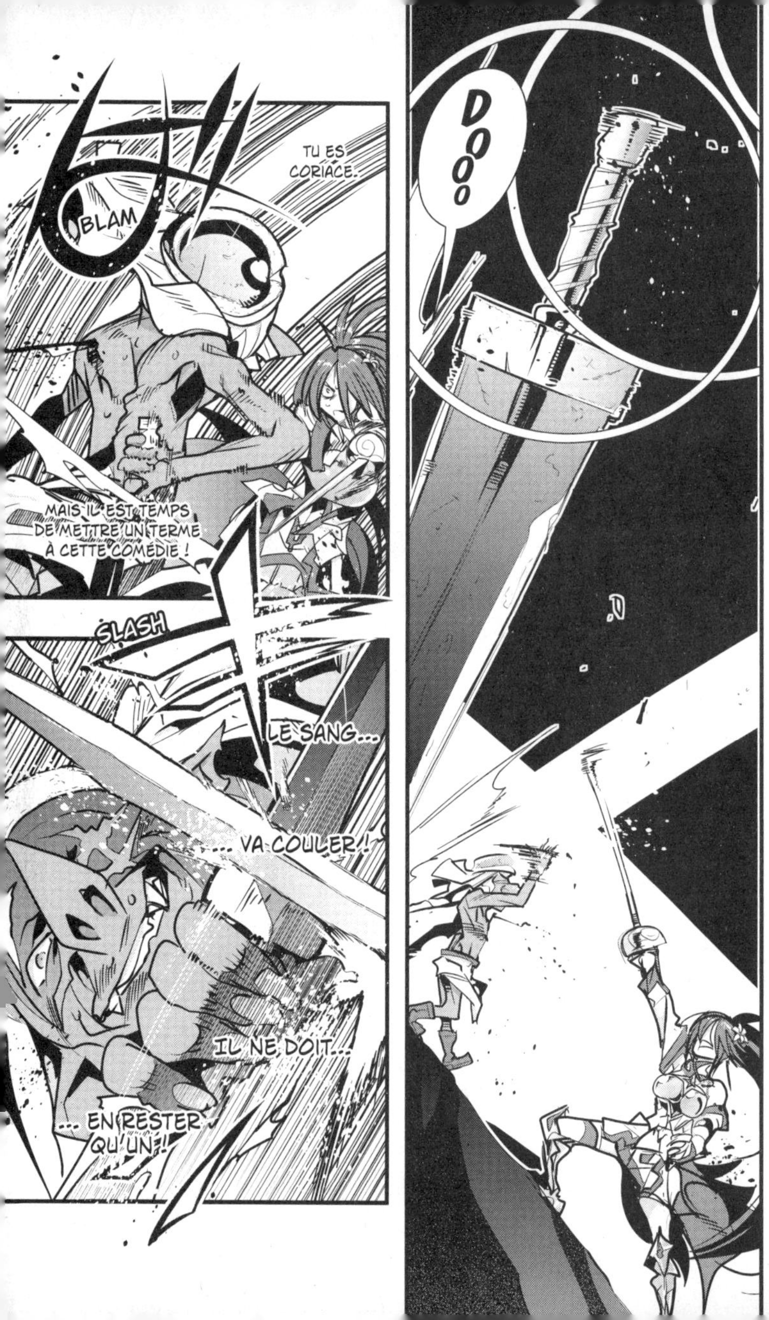
DOOO
TU ES CORIACE.
BLAM
MAIS IL EST TEMPS DE METTRE UN TERME À CETTE COMÉDIE !
SLASH
LE SANG...
... VA COULER !
IL NE DOIT...
... EN RESTER QU'UN !

AAARGH...
CRÈÈÈÈVE !
DOOO
TCHAK
ORDURE !

FFRRRR
VIENS !
JE
T'AT-
TENDS !
FLUSH

« LAME APAISANTE »...
ROOOSHH

« CASCADE SYNCOPE » !
TCHAK
FLOP

RHAAA
MERDE...
BIEN JOUÉ...
SHLAK
HAN
HAN
BLOM

PFIOU...
BEAU TRAVAIL !
WAAAA
OOOH
JE VAIS T'APPLIQUER UN POUVOIR DE GUÉRISON, AU CAS OÙ.
NON, TOUT VA BIEN ! DESCENDS-MOI !
ARRÊTE DE GESTICULER !

FLP
FLP
VOILÀ CE QUE JE CHERCHAIS ! LE REGISTRE DES OPÉRATIONS MILITAIRES !
LES ACTIONS DE L'UNION Y SONT NORMALEMENT CONSIGNÉES !
JE N'AVAIS PAS VU D'ÉCRITURE DÉMONIAQUE DEPUIS LONG-TEMPS.
TU SAIS LIRE ÇA ?
UN PEU...
J'AI APPRIS QUAND J'ÉTAIS AVEC ALVIS...

LE GOBELIN DE LA CHIMÈRE DISAIT VRAI.
PLUSIEURS CENTAINES DE PERSONNES...
... ÉTAIENT SUR LE POINT DE PERDRE LA VIE !
MIKTRA...
TU AS ÉTÉ PARFAITE.
MERCI !
C'EST... C'EST MOI QUI DOIS TE REMERCIER ! TU AS PRATIQUEMENT TOUT FAIT SEUL !

J'AI DRÔLEMENT BAISSÉ QUAND MÊME.
REGARDE, MES JAMBES RESSEMBLENT À DES BÂTONS DE CRAIE !
C'EST PARCE QUE TU ES UN SQUELETTE !
TU AS MA PROFONDE GRATITUDE.
J'ESPÈRE QUE NOUS AURONS ENCORE L'OCCASION DE TRAVAILLER ENSEMBLE.
SI MA CARCASSE NE TE DÉRANGE PAS !

BIEN SÛR, QUELLE QUESTION ?!
WAAAAAA
わ
JE N'AI PAS D'AMIS PALADINS.
CHAQUE FOIS QUE QUELQU'UN S'APPROCHE DE MOI...
... JE NE PEUX PAS M'EMPÊCHER DE LE DÉCOUPER EN RONDELLES.
PARDON ?
TIENS, PRENDS ÇA !
HOP
?
LE REGISTRE DES DÉMONS ?

J'AIMERAIS QUE TU T'OCCUPES DE...
... FAIRE UN RAPPORT À L'UNION DES PALADINS.
BIEN SÛR, TU PEUX GARDER LA RÉCOMPENSE POUR TOI.
JE... JE NE PEUX PAS ACCEPTER.
C'EST À TOI QUE DOIVENT REVENIR LES HONNEURS !
ELLE A VRAIMENT BIEN ÉTÉ ÉDUQUÉE, CETTE PETITE.
REGARDE-MOI... TU CROIS QUE LES GENS ONT ENVIE DE ME VOIR ?
HIK
JE TE DEMANDE CETTE FAVEUR EN TANT QU'AMI...

UN... UN AMI ?
JE... JE NE SAIS PAS TROP CE QUE C'EST.
HÉ HÉ... UN AMI...
TU ES COURAGEUSE.
SI TU VEUX, JE T'APPRENDRAI À MANIPULER LA MAGIE IMPULSIVE !
HA HA HA HA
TU ES SÉRIEUX ?!
C'EST VRAI ?!?
TU ES UN VRAI AMI !!!
BYONG
MERCI ! MERCI BEAU-COUP !
BYONG
ATTENTION TA BLESSURE S'EST OUVERTE !
PSHIOU

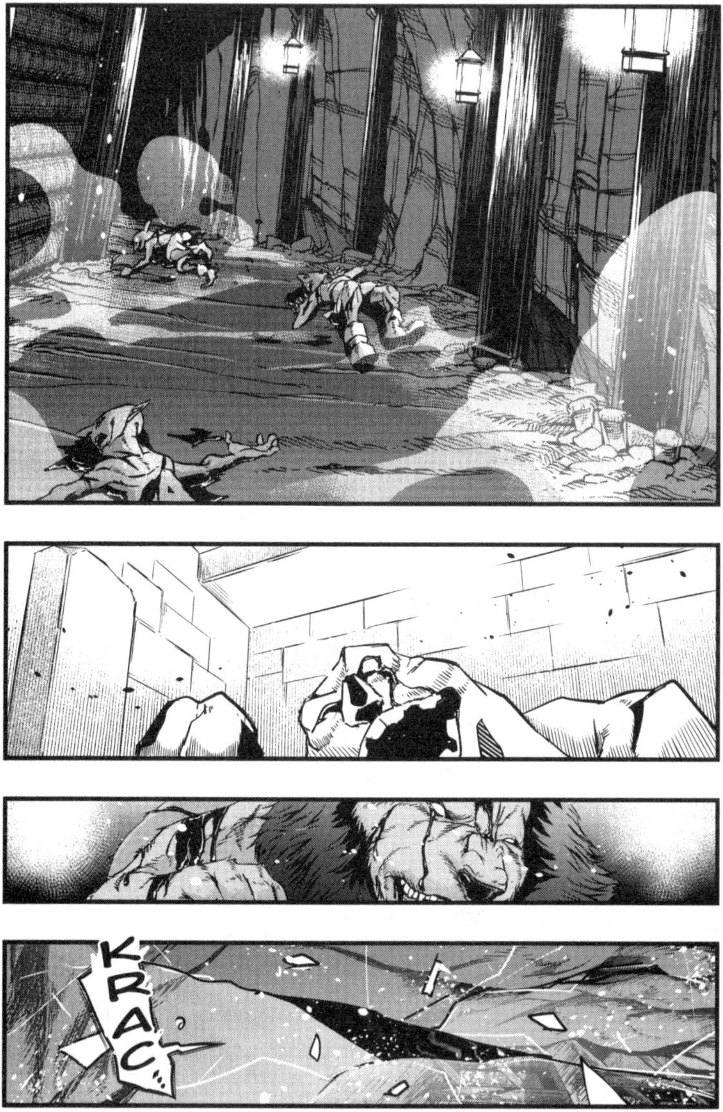
KRAC...

ZUU
UUH
UUH
UUH
JE NE PENSAIS PAS QUE...
... TU LES EXTERMINE-RAIS TOUS.
CEPEN-DANT...
UUH

... JE TE REMERCIE DE M'AVOIR FACILITÉ LA TÂCHE.
HOP
SAA
AAAA

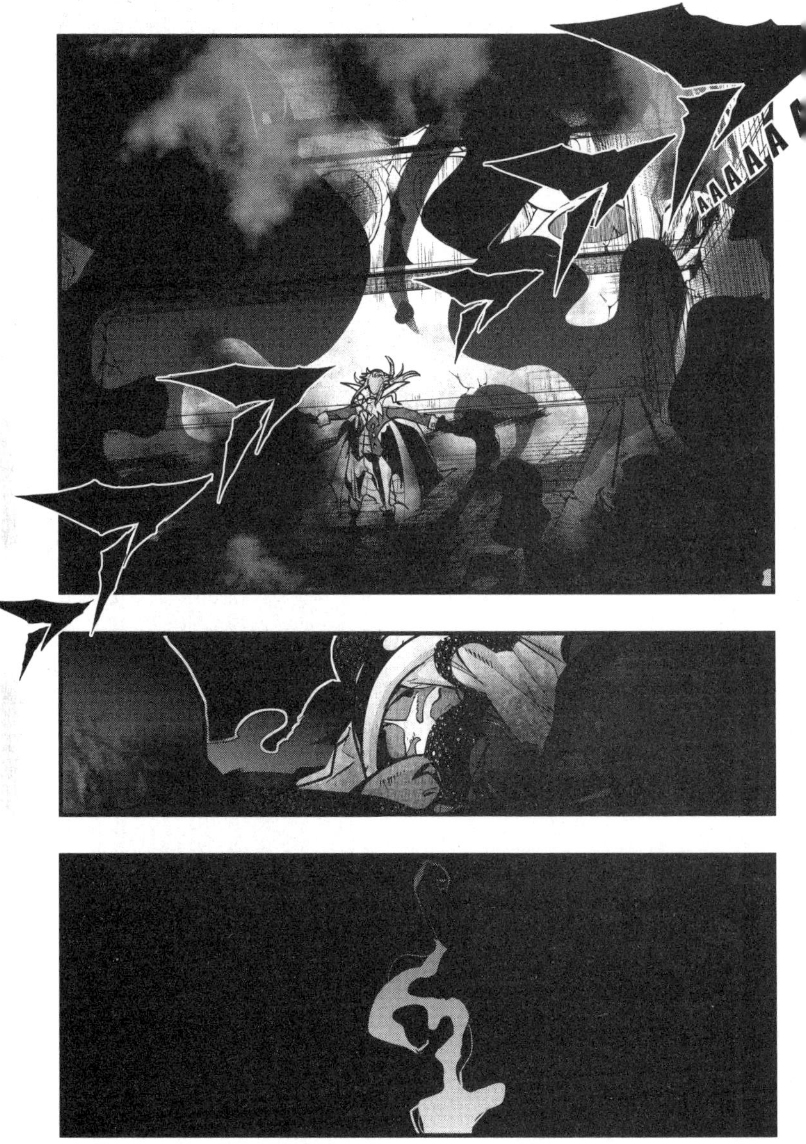
AAAAA

Ville portuaire de Seckmer

JE VAIS FAIRE MON RAPPORT À L'UNION !
JE TE LAISSE !
À LA PROCHAINE !
À BIENTÔT, MON AMI !
HÉ HÉ HÉ !
REGARDE OÙ TU VAS !
TU RISQUES DE BOUSCULER QUELQU'UN !
AU MOINS...
... MOI...

JE NE RISQUE PAS DE BOUSCULER QUELQU'UN, TOUT LE MONDE GARDE SES DISTANCES !
BLA
BLA
C'EST UN MONS-TRE !
IL REGARDE PAR ICI !
BLA
APPELEZ LA GARDE !
JE NE PEUX PAS FAIRE DE SHOPPING ET...
!
!
... LES CHIENS ME MORDENT...

ME VOILÀ DANS LES QUARTIERS DÉFAVORISÉS.
JE CROIS QUE JE NE VAIS PAS FAIRE DE VIEUX OS DANS CETTE VILLE.
TU ES UN SQUELETTE ?

OUI... TU ES UN SQUELETTE !

Al le squelette – À suivre dans le volume 2

Tips

QUE MANGENT LES MORTS-VIVANTS ?

Les morts-vivants ne se nourrissent pas. Ils tirent leur énergie des forces magiques de l'air, particulièrement puissantes à la nuit tombée. C'est pourquoi on en croise peu en journée.
Cependant, certains zombies doivent manger pour maintenir leur métabolisme actif.
Un squelette n'ayant plus d'organes, il doit recourir à des techniques de magie qui lui permettent de changer ce qu'il avale en éléments nutritifs. C'est assez difficile à faire (mais Al y arrive).
S'il veut donner du goût à ce qu'il ingurgite, une autre technique de magie est nécessaire. Mais ça, ça dépend de chacun.

L'UNION DES PALADINS

Elle a été créée pour donner une identité à tous ceux qui n'ont plus de logement ni de travail.
Son activité consiste à gérer les paladins de tout le Royaume et à jouer les intermédiaires entre eux et des employeurs potentiels.
L'Union est une organisation semi-publique mais elle propose aussi des offres de travail qui viennent du secteur privé.

À PROPOS DU CARACTÈRE FONDAMENTAL DES MORTS-VIVANTS

Si Miktra a attaqué Al, c'est parce qu'elle a une bonne raison : les morts-vivants comme lui sont généralement sous l'emprise de la folie et ils n'hésitent pas à agresser les humains.
Ceux qui sont morts au combat sont particulièrement dangereux. Ils ne connaissent ni la peur, ni la douleur et ils ont perdu le sens des réalités.
Al, lui, sait se contrôler et n'a pas sombré dans la folie. C'est un cas extrêmement rare de mort-vivant.
Ceux qui sont décédés de cause naturelle sont peu nombreux. On en enregistre moins de 0,1%.

LES COMPÉTENCES DE MIKTRA

Pour un paladin, elles sont inégales. Elles sont, soit, élevées et Miktra est endurante au combat. Mais elle ne sait pas mener de négociations ou prendre de décision rapide quand celle-ci s'impose. Cela est peut-être dû à ses origines. Elle manque encore sérieusement d'entraînement. Plusieurs de ses compagnons au même niveau qu'elle (« Torche ») sont bien meilleurs.
Cependant, Miktra est experte des techniques de combat de l'école Déo, une des plus anciennes du Royaume d'Eien.

LES COMPÉTENCES D'AL

S'il était à 100 % de ses compétences quand il était en vie, il en est à présent à 50. Mais n'oublions pas qu'Al est un paladin et qu'il a plus d'un tour dans son sac ! Même affaibli, il connaît encore beaucoup de techniques qu'il a apprises de son vivant.
Il a souvent recours à la magie mais il peut facilement mettre à terre un adversaire de son niveau.
Cela dit, s'il devait affronter maintenant des démons du niveau d'un général de l'Armée des Ombres, il aurait du mal à s'en sortir.
Autrefois, il n'en aurait fait qu'une bouchée.

AUTEUR : YOUSUKE SAEKI

ESSAI COURT LÉVA

« Ça y est… il est parti… »
Léva regarda Al partir dans la nuit et porta à nouveau son verre à ses lèvres. Dans le bar, l'ambiance était à son comble et elle se dit que la nuit ne faisait que commencer.
« Où est Al ? »
Quand Léva regagna son siège, la fille de l'accueil de l'Union des Paladins était complètement saoule.
(C'est une remarque sans intérêt mais je trouve que les filles de l'accueil de l'Union ont toutes la même tête… Elles doivent venir de la même tribu)
Son travail de marchande ambulante emmenait Léva aux quatre coins du Royaume. Elle croisait souvent des filles qui se ressemblaient : la même carrure, la même coupe, les mêmes lunettes.
(Elles ont aussi une poitrine avantageuse et de belles fesses… Est-ce que les paladins aiment ce genre de filles ?)
Léva était un peu jalouse.
« Al est parti »
« Ah bon ? Dommage ! J'aurais aimé qu'il signe un autographe pour l'accrocher au bureau »
« Je vois… Mais dis-moi, tu n'as pas un peu trop bu ? Ça va ? »
Léva sourit aux paroles de la fille car pour elle Al n'était pas un paladin. C'était juste une carcasse.

« T'inquiète, tout va bien ! Tu sais où il est allé ? J'espère qu'il n'effraiera personne sur son chemin… »
Normal qu'elle pense ça, se dit Léva. La première fois qu'elle avait vu Al, elle avait failli tomber en syncope.
(Il a dit qu'il devait retrouver quelqu'un. La ville la plus proche et la plus habitée pour y trouver des informations sur une personne disparue c'est… Seckmer ?)
Seckmer est une ville portuaire. Il faut plusieurs jours de marche pour s'y rendre. D'ailleurs, on ne peut pas le rejoindre en ligne directe. Oui, il faut compter plusieurs jours. Au fait, qu'est-ce que je pourrais bien vendre là-bas ?
(Je pourrais m'approvisionner en produits de la mer, c'est sûr, mais qu'est-ce que je pourrais amener ? Du bois ? Des vêtements ? Des produits du quotidien ?)
Léva était en train de préparer son départ pour Seckmer.
« … »
Léva était fière d'elle. Elle fit signe au barman qu'elle reprendrait bien un verre.
« T'as une sacrée descente, ma belle ! Tu permets que je t'accompagne ? »
Après avoir rembarré le paladin qui s'était approché d'elle, Léva observa à nouveau la fille de l'accueil.
« Non, mauvaise idée… c'est un squelette, après tout ! Non, c'est un ami… un ami ! »
À cet instant, Léva se félicita d'avoir un coup dans le nez. Ainsi, personne ne remarqua que son visage était légèrement rouge de honte.
Fin

« Bravo ! Comment as-tu fait pour dérouiller à toi toute seule une armée de démons ?!? »
« Formidable ! » « Tu manies la lame comme personne ! » « Tu n'es pas une femme comme les autres ! » « Tu veux bien m'accompagner dans de nouvelles missions ? »
Al était à Seckmer. Il passait ses journées à se battre contre des chiens errants qui essayaient de lui ronger les os.
Il avait appris la nouvelle par l'Union des Paladins : « Miktra Coote avait découvert que la bande de voleurs nocturnes n'était autre que des soldats de l'Armée des Ombres et elle l'avait mise hors d'état de nuire ».
« Tu sais... je n'ai pas fait grand-chose... »
« Les villageois t'ont aidée, c'est ça ? Ils t'ont donné des informations... Beau travail ! »
« Euh... »
Miktra commençait à se sentir mal à l'aise. Al ne dit plus rien.
Miktra n'avait jamais rédigé de rapport d'activité et elle était fière d'avoir aidé Al dans cette tâche (même si c'était pour cacher le fait qu'il avait fait tout le travail).
« Quand tu as découpé la chimère en deux... c'était impressionnant ! »
« Je ne sais pas si je mérite d'être ton compagnon d'armes ! »

....

(Si, justement !)
Miktra avait envie de hurler, c'était la première fois qu'elle avait un ami – et ce mot était important pour elle.
« Voilà ta récompense. Tu auras un bonus après vérification du rapport par l'Union. »
« Tu vas peut-être te classer parmi les meilleurs paladins ! »
« Garum va peut-être te proposer du travail ! »
(Waouh !)
Miktra transpirait à grosses gouttes. Serait-elle à la hauteur des propositions de travail qu'elle allait recevoir ? En aucun cas, elle n'aurait voulu mettre la vie des autres paladins en danger.
Dès le lendemain matin, elle se mit à l'entraînement. Jusqu'à la nuit tombée. Cet acharnement n'échappa pas aux autres paladins.
« Miktra est vraiment déterminée... » « Elle ne peut que s'améliorer... » « La "flamme sacrée" n'est peut-être plus très loin ! »
Personne n'aurait pu prévoir qu'elle serait acceptée par l'Union.
(Miktra s'entraînait aux techniques qu'Al lui avait apprises)
Elle faisait tourner sa lame dans les airs, le cœur gonflé d'émotion.

Une histoire romantique et violente de toute beauté
Le créateur de Hokuto No Ken (Ken le survivant) revient avec une série sur les samouraïs.
Tranchant et Romantique, c'est la signature de Tetsuo HARA.
TETSUO HARA
NOBUHIKO HORIE
YUUJI TAKEMURA
LUNA
INTRÉPIDE
KEIJI MAEDA ET KANETSUGU NAOE
— CONFIDENCES À LA LUNE —
1
Série en 9 tomes

TETSUO HARA
NOBUHIKO HORIE
YUUJI TAKEMURA
LUNA
INTRÉPIDE
KEIJI MAEDA ET KANETSUGU NAOE 3
CONFIDENCES À LA LUNE
TETSUO HARA
NOBUHIKO HORIE
YUUJI TAKEMURA
LUNA
INTRÉPIDE
KEIJI MAEDA ET KANETSUGU NAOE 2
CONFIDENCES À LA LUNE

TETSUO HARA
NOBUHIKO HORIE
YUJI TAKEMURA
LUNA
INTRÉPIDE
KEIJI MAEDA ET KANETSUGU NAOE 4
— CONFIDENCES À LA LUNE —
LUNA
TETSUO HARA · NOBUHIKO HORIE · YUJI TAKEMURA
INTRÉPIDE
KEIJI MAEDA ET KANETSUGU NAOE 5
— CONFIDENCES À LA LUNE —

LUNA
TETSUO HARA · NOBUHIKO HORIE · YUUJI TAKEMURA
INTRÉPIDE
KEIJI MAEDA ET KANETSUGU NAOE
6
— CONFIDENCES À LA LUNE —
LUNA
TETSUO HARA · NOBUHIKO HORIE · YUUJI TAKEMURA
INTRÉPIDE
KEIJI MAEDA ET KANETSUGU NAOE
7
— CONFIDENCES À LA LUNE —

LUNA
TETSUO HARA · NOBUHIKO HORIE · YUUJI TAKEMURA
INTRÉPIDE
KEIJI MAEDA ET KANETSUGU NAOE
8
— CONFIDENCES À LA LUNE —
LUNA
TETSUO HARA · NOBUHIKO HORIE · YUUJI TAKEMURA
INTRÉPIDE
KEIJI MAEDA ET KANETSUGU NAOE
9
— CONFIDENCES À LA LUNE —

AL
Le squelette

昔勇者で今は骨

Le squelette qui était un héros.

Originally published in Japan in 2020 by TOKUMA SHOTEN PUBLISHING CO., LTD., Tokyo.
Spanish translation rights arranged with TOKUMA SHOTEN PUBLISHING CO., LTD.
Through CoachingPOP Agency S.L.

Traduction : Cyril COPPINI
Stylique et Lettrage : Pierre LEONI
Correcteur : Pascal BONNET
Première Édition
Dépôt légal : février 2025 · ISBN : 978-2-487892-01-9
Imprimé en Espagne par Novoprint